AF198896

Geschichte 'Eine Zahnfee zu Weihnachten'

Nr. I aus der Serie „Weihnachtsszenen"

2019 ©Copyright: Hiam Mondini

Lektorat: Bruno Imfeld

Zeichnung Titelbild: Aurelio Romano Mondini

Herstellung und Verlag: BoD – Books on Demand, Norderstedt

ISBN: 9783750418752

***

„Eine Zahnfee zu Weihnachten"

***

Weihnachtsszene I

von

Hiam Mondini

inspiriert durch das Leben in Chicago 2019

Prolog

Wie viele Weihnachtsgeschichten es wohl mittlerweile schon geben mag? Tausend? Hunderttausend? Millionen? Wohl so einige. Nichts desto trotz, werde auch ich eine kurze Weihnachtsgeschichte niederschreiben und sie mit einer ISBN Nummer verewigen lassen. Warum ich das mache? Weil ich eben Weihnachten ganz besonders mag, die Weihnachtsgeschichte von Betlehem mich noch immer zum Weinen bringt und ich finde zudem, dass es noch nicht genug Weihnachtsgeschichten gibt, welche die Menschheit daran erinnern sollen, weshalb wir eigentlich in gewissen Kulturen, wirklich das Fest der Liebe feiern. In diesem Sinne: Viel Liebe und Geborgenheit, Fürsorge und Aufmerksamkeit.

Sonntag

„Mama! Maaammaa!! Maaaaamm-maaaaa!!!!"

Bella schrie aus Leibeskräften durch die kleine Wohnung, als würde ihre Mutter am anderen Ende der Stadt stehen.

„Was ist denn los?! Bella?! Alles in Ordnung, mein Schatz?!" In Blitzeseile rennt die besorgte Mutter ins Kinderzimmer und findet ihre Tochter auf dem Bett sitzend. Die kleinen Finger sind mit Blut verschmiert und ein breites Grinsen ist auf dem niedlichen Gesicht. Sie hält triumphierend etwas Kleines in der Hand in die Luft.

„Er ist draussen! Mein Zahn ist draussen! Denkst du, die Zahnfee kommt heute Nacht bei mir vorbei und holt ihn sich?" Genüsslich lässt sie ihre Zungenspitze über die Lippen tanzen und die neue Höhle in ihrem Zahnfleisch erkunden.

„Oh wie toll! Das hast du gut gemacht! Jetzt muss ich die Äpfel nicht mehr pürieren, jetzt kannst du wieder kräftig zubeissen! Zeig mal her, deine Trophäe!" Die müde Mutter geht zum Bett ihrer Tochter und setzt sich erschöpft und doch interessiert darauf hin. Sie entnimmt der Kleinen ihren blutverschmierten Zahn und betrachtet ihn bewundernd.

„Komm, lass uns das Blut abwaschen. Dann sieht alles noch viel schöner aus. Da hast du mir zuerst einen schönen Schrecken eingejagt." Beide erheben sich von der Strickdecke und gehen in das kleine Bad gleich nebenan.

„Sag jetzt, Mama. Denkst du, die Zahnfee kommt heute Nacht? Weisst du, als Anne ihren Zahn verloren hat, hat die Zahnfee ihr eine wunderschöne Barbiepuppe gebracht. In der Handtasche von Barbie war sogar ein Geldnötchen versteckt!" Das kleine Mädchen hält ihren Lockenkopf zur Seite gelegt und ihre grossen Kulleraugen funkeln ihre traurige Mutter an.

„Das war aber eine sehr grosszügige Zahnfee, die bei Anne vorbeikam. Sie hat bestimmt das grosse, schöne Haus gesehen und gedacht, dort kommt eine Barbie hin." Kaum hat sie ihren Satz zu Ende gesprochen, bereut sie es schon und kneift ihre Augen zusammen.

Doch bevor sie ihren Fehler wieder verbessern kann, hat ihre Tochter bereits das Wort ergriffen: „Du meinst, die Zahnfee bringt zum Haus passende Sachen?" Die Mutter beisst sich auf die Unterlippe und sieht ihre Tochter vorsichtig an. Diese blickt besorgt und mit Falten auf der Stirn um sich und lässt ihren Blick auf dem Zahn in ihrer Hand ruhen. „Ich dachte, sie wäre vielleicht besonders stolz auf mich, weil ich ihr einen so schönen Zahn schenken werde. Weisst du, der von Anne war sogar krank." Wieder blickt sie aus dem Badezimmer direkt in das kleine Wohnzimmer, welches zugleich auch das Schlafzimmer ihrer Mutter ist, dann zur Essküche und presst ihre Lippen fest zusammen. Dann holt sie tief Luft und hebt kurz ihre Schultern an. „Na, wir werden ja sehen."

„Was hältst du davon, meine Süsse, wenn wir den Zahn noch nicht heute vor das Fenster legen, sondern noch ein paar Tage bei uns behalten, um ihn zu bewundern?" Sich Zeit verschaffend, bückt sich die hoffnungsvolle Mutter zu ihrer Tochter hinunter und nimmt den Zahn zwischen ihre Finger. Erneut bewundernd, hält sie ihn in die Luft und dreht ihn im Licht, als wäre er ein frisch geschliffener Diamant.

„Das ist eine gute Idee, Mama! Wir legen ihn vor das Bild von Papa, dann kann er ihn auch noch etwas bewundern. Er wäre bestimmt auch stolz auf mich, meinst du nicht auch, Mama?" Die grossen, aufgeregten Augen funkeln die sorgenerfüllte Mutter an.

„Oh, da bin ich mir sogar sehr sicher, meine Süsse. Dein Papa wäre sehr stolz auf dich und deinen monströsen Zahn!" Sie versucht, ihrer ernsten Miene spielerisch etwas Heiterkeit zu verleihen und kitzelt ihre Tochter am Bauch. Kichernd geht diese zum Esstisch und legt ihren gesäuberten Zahn direkt vor eine gerahmte Fotografie eines lächelnden Mannes. „Schau, Papa, mein erster Zahn ist draussen! Pass gut auf ihn auf, bald schenke ich ihn der Zahnfee und dann sind wir gespannt, was sie mir dafür gibt. Schlaf gut! Ich hab dich lieb!" Sie küsst ihre kleine Handinnenfläche und legt sie dann behutsam auf das Glas im Fotorahmen.

Ihre Mutter wischt sich rasch die Tränen weg und nimmt ihre Tochter bei der Hand. „Na, dann ab ins Bett mit dir! Morgen beginnt die letzte Woche vor Weihnachten, da habt ihr bestimmt viele tolle Sachen vor im Kindergarten!" Sie deckt ihre Kleine zu, gibt ihr einen Gutenachtkuss und löscht das kleine Licht neben dem Bett. „Träum was Schönes! Bis morgen!" Laurie geht aus dem Zimmer und vernimmt die schläfrigen Worte ihres geliebten kleinen Menschen: „Du auch Mama und mach dir keine Sorgen..."

Montag

„Nein, Mama, ich kriege immer noch keine Witwenrente, weil wir nicht verheiratet waren!" Laurie schliesst ihre Augen, reibt kurz mit den kalten Fingern darüber und stützt sich die Hand in die Hüfte. Mit der anderen Hand presst sie sich das Mobiltelefon ans Ohr, während sie nun auf die Strasse vor sich blickt.

„Ich weiss Mama, ich weiss. Aber daran kann ich jetzt auch nichts mehr ändern... Ich wollte dich eigentlich nur wissen lassen, dass wir leider nicht heimfliegen können an Weihnachten. Das verstehst du doch, nicht wahr?"

Besorgt blickt sie um sich, als wolle sie irgendwoher ein kleines bisschen Verständnis erhalten. Kurz fängt sie den Blick eines Mannes ein, der ebenfalls darauf wartet, die Strasse zu überqueren.

„Aber Mama, wie soll ich das bitteschön machen? Die Miete, die Versicherungen, die Steuern, Weihnachtsgeschenke und jetzt auch noch die Zahnfee! Ich kann nichts dafür, dass der Laden dicht gemacht hat und ich jetzt etwas Neues suchen muss. Aber die werfen einer alleinstehenden Mutter keine Teilzeitstellen nach! Ich war eben auf dem Stellenvermittlungsamt... Es wäre wirklich hilfreich jetzt, wenn du wenigstens... Nein, ich will kein Geld, das weisst du...! Mama!"

Sie wirft verärgert die nun sehr kalte Hand in die Luft und geht, heisser Atem in die Kälte ausschnaubend, über den Fussgängerstreifen.

„Ist gut, Mama, ist schon gut! Ich weiss, dass du es nur gut meinst, aber da muss ich selber durch! Ich weiss, für mich ist es auch nicht dasselbe... Ich weiss es noch nicht... Ich gehe morgen ins House of Hope, dort finde ich bestimmt was Passendes... Vielleicht feiern wir mit Mary... Sobald ich kann, kommen wir euch besuchen! Versprochen! Gib Papa einen Kuss von mir und wir hören uns an Weihnachten! Tschüss Mama."

Sie beendet das Telefonat mit einem tiefen Seufzer, steckt das Mobiltelefon in die Jackentasche und lässt ihre Hand ebenfalls darin, um sie aufzuwärmen.

Dienstag

„Tut mir leid, es sind keine Barbies reingekommen in letzter Zeit. Vielleicht haben Sie ja nächste Woche mehr Glück. Man weiss nie, was die Leute vor Weihnachten alles so rausmisten. Muss es denn unbedingt eine Barbie sein? Andere Puppen haben wir zu Genüge in der Spielzeugecke." Die alte Frau hinter der Verkaufstheke im Laden der Gemeinnützigen Organisation House of Hope zeigt mit ihrem krummen Finger in eine Richtung.

„Nein, muss es nicht, aber das wäre eben der erste Wunsch an die Zahnfee gewesen. Dann sehe ich mich nochmals um, vielen Dank fürs Nachsehen." Laurie schenkt der freiwilligen Helferin ein abschliessendes Lächeln und geht in Richtung der Spielsachen. Nachdenklich schweift ihr Blick durch die Regale und bleibt an Etwas hängen. Sie legt ihren Kopf zur Seite und runzelt die Stirn, während sie langsam, jedoch zielstrebig darauf zugeht.

Kaum steht sie vor dem Regal und will ihre Hand danach ausstrecken, wird sie von der Seite her angerempelt und ein kleines Mädchen kreischt: „Muuuuttttiiii!!!!

Ich will das!!!" Kleine, fleischige Hände versuchen danach zu greifen, doch Lauries Hand ist schneller. Sie nimmt ihre zweite hinzu und die schneiende Glaskugel in beide Hände.

„Neiiiinn!!!!! Die gehört MIIIR!!! Ich hab sie zuerst gesehen!!! MUUUTTTI, die böse Frau nimmt meine Kugel!!!"

Der kleine, runde Kopf wird rot und alle Leute im Brockenhaus scheinen den Atem anzuhalten. Laurie schüttelt verlegen den Kopf, wirft einen wehmütigen Blick auf die Kugel und händigt sie dem nun stampfenden Mädchen aus.

„Alles gut, ich wollte sie dir nur heruntergeben. Sie ist wirklich wunderschön! Weisst du, was das ist, in der Kugel?" Sie tippt mit dem Finger sanft auf das Glas und blickt das verstummte Kind an. Diese reisst ihr den Schatz energisch aus der Hand, dreht sich um und schnauzt beim Weggehen: „Mir egal, was das ist, ich will sie schneien sehen!"

Wie aus Aladins Wunderlampe erscheint eine Frau, welche die gerufene Mutter zu sein scheint. Diese nimmt die Kugel achtlos aus den Kinderhänden und legt sie ebenso respektlos in ihren Einkaufswagen.

Laurie blickt sich beschämt um und bemerkt, dass alle Kunden wieder mit der eigenen Schnäppchenjagd beschäftigt sind. Nur die alte Frau hinter der Verkaufstheke schüttelt betroffen ihren Kopf,

Mittwoch

Als Laurie aus dem Badezimmer kommt, beobachtet sie Bella, wie sie erneut und sicherlich zum hundertsten Mal ihren Zahn bewundert. Sie hört, wie sie zum Bild ihres Vaters flüstert, kann die Worte jedoch nicht verstehen. Laurie gewährt ihr die Privatsphäre mit ihrem verstorbenen Vater und geht leise in die Küche. Aus einer Schublade nimmt sie eine kleine Schachtel, welche sie für diesen Zweck aufbewahrt hat, und räuspert sich laut, um sich anzukündigen. Dann geht sie durch die Tür wieder in den Raum und lehnt sich an den Türrahmen.

„Alles ok bei euch?" Sie schenkt Bella ein liebevolles Lächeln und bemerkt die Traurigkeit in den grossen, dunklen Augen. Das kleine Mädchen beisst sich auf die Unterlippe und nickt verlegen.

„Was hältst du davon, wenn wir deinen Zahn heute der Zahnfee übergeben?" Laurie hält die Schachtel in die Luft und zwinkert der noch immer nachdenklichen Tochter zu. Diese hebt lustlos ihre kleinen Schultern und murmelt: „Von mir aus..." Sie erhebt sich langsam vom Stuhl und bringt der Mutter den Zahn.

„Was ist denn los, Bella?" Laurie geht in die Hocke, um ihrer Tochter auf Augenhöhe begegnen zu können. Sie streicht ihr sanft über den Lockenkopf und lässt eine Locke springen.

„Weisst du, Anne hat heute im Kindergarten allen erzählt, dass die Zahnfee eine doofe Kuh sei, weil sie ihr eine hässliche Barbie geschenkt hätte und nicht die, welche sie eigentlich wollte und dass sie diese nun absichtlich kaputt gemacht hätte..." Sie hebt abermals ihre Schultern und ist den Tränen nahe. „Was, wenn die Zahnfee das gehört hat und nun keinem Kind mehr was bringt? Ich meine, sowas ist doch nicht nett! Ich glaube nämlich, mir hätte diese Barbie sicherlich gut gefallen." Sie zieht geräuschvoll Luft durch die Nase und reibt mit dem Handrücken unter der Besagten durch.

„Nein, sowas zu sagen, ist ganz sicher nicht nett. Aber weisst du, die Zahnfee bringt jedem Kind genau das, was es verdient, und nicht unbedingt das, was es sich gewünscht hat! Hier!" Laurie reicht ihrem Mädchen die Schachtel. „Rein damit und vor die Tür! Auf dem Fensterbrett ist es zu windig, das wäre ja eine Tragödie, wenn der Wind ihn hinunterbläst." Sie zwinkert der Kleinen zu: „Und dann werden wir ja sehen, ob sie eine Kuh oder eine richtige Fee ist!"

Donnerstag

Ein vertrautes Geräusch lässt die schlafende Mutter erwachen und sie verspürt den kalten Luftzug auf ihrem Gesicht. Sie lässt ihre Augen bewusst geschlossen und wartet auf die Reaktion ihres Mädchens. Sie hört ein freudiges Kinderquietschen und lächelt beruhigt vor sich hin. Nachdem die Tür wieder verschlossen ist und die Winterkälte sich im Wohnbereich breit macht, wartet sie auf die nächste Handlung von Bella. Diese geht, wie auf rohen Eiern, langsam auf die ausgezogene Couch zu und legt etwas Schweres auf die Bettdecke, welche ihre noch schlafende Mutter warm hält. Diese runzelt verwundert die Stirn, wagt es jedoch noch nicht, sich zu bewegen.

„Mama...", sachte streicht Bella ihrer Mutter über den Kopf und flüstert ihr geheimnisvoll ins Ohr, „Sie war da... und hat mir etwas ganz Schweres hingestellt. Mein Zahn hat sie mitgenommen und auch noch zwei Briefe dazugelegt... Mama, bist du wach?"

Laurie muss sich konzentriert viel Mühe geben, noch keine Regung zu zeigen. Was hatte sie vor der Tür vergessen? Weshalb zwei Briefe? Etwas stimmt hier nicht, was ist falsch gelaufen? Sie atmet tief ein und blinzelt verschlafen in das verzauberte Gesicht ihres geliebten Mädchens. Funkelnde Augen und ein zahnlückenhaftes Strahlen werden von ihrem Blick aufgefangen.

„Oh, wie wunderbar! Darf ich sehen?" Sie will die Decke wegschlagen, als die Kleine sie davon abhält. „Nein, nicht! Sonst fällt es hinunter! Ich habe es hierhin gelegt, auf deine Beine. Schau!" Ihre kleinen Finger zeigen auf die Bettdecke. Laurie stützt sich hoch und erblickt tatsächlich zwei Briefe, jedoch nicht den, welchen sie selber hingelegt hat. Daneben eine Schachtel mit einer rosafarbenen Schleife darum. Sie versucht eine freudige Miene aufzusetzen und hofft, dass ihre enorm grosse Verwunderung zur Freude beiträgt.

„Wow! Was das wohl sein mag? Möchtest du, dass ich dir erst die Briefe vorlese? OH, Moment mal, einer davon ist für mich!" Sie greift jedoch erst nach dem ihr fremden Couvert mit der Aufschrift „BELLA" und wartet das Nicken ihrer Tochter ab, bevor sie es öffnet. Sie entfaltet das Stück Papier und blickt auf die geschwungene, ihr ebenfalls fremde Handschrift.

„Liebe Bella, vielen Dank für diesen großartigen Zahn! Das hast du sehr gut gemacht und ich bin mächtig stolz auf dich."

Laurie blickt ihre, vor Freude fast platzende, Tochter lächelnd an und liest noch immer erstaunt und ebenso neugierig weiter:

„Ich weiss, dass du dir eine Barbiepuppe gewünscht hättest. Mein Feenstaub jedoch hat sich entschieden, dir dieses Geschenk mitzubringen. Ich bin mir ganz sicher, dass deine Mama den Zauber darin kennt und es euch beiden viel Freude bereiten wird. Ich wünsche euch von Herzen eine bezaubernde Vorweihnachtszeit und ein liebevolles Weihnachtsfest mit deinen Grosseltern.

In Liebe, deine Zahnfee."

***

„Wir fliegen doch zu Oma und Opa?!" Bellas lautes Kreischen erfüllt die kleine Wohnung und bevor Laurie ihr widersprechen kann, ist das Paket geöffnet und ihrem Mädchen fallen fast die Augen aus dem Kopf. „Mama!!! Schau dir das an!" Laurie lässt das noch immer in der Hand gehaltene Papier langsam auf die Bettdecke sinken und kann ihren Mund nicht mehr schliessen. Sie beobachtet, wie Bella eine Glaskugel in beiden Händen hält und sie von allen Seiten betrachtet. Sie dreht die Kugel für einen kurzen Moment auf den Kopf und quiekt, als sie sieht, wie es darin schneit. „Schau nur, Mama, in der Kugel schneit es. Es schneit auf diesen spitzigen Turm! Schau, nur, wie schön!"

Die erstarrte Mutter findet noch keine Worte, auch nicht, als ihr Bella das zweite Couvert hinhält. „Was hat sie dir geschrieben, Mama?"

Die elterlichen Augen blinzeln durch emporsteigende Tränen hindurch.

24

Sie öffnet das Couvert mit ihrem Namen drauf und ihre kalte, zitternde Hand bedeckt langsam ihren Mund.

„Mama? Warum weinst du? Ist es nichts Gutes? Was ist denn da drin?" Zärtlich schmiegt sich Bella an ihre Mutter, in einem Arm hält sie behutsam ihre neue Kugel.

Laurie zieht kurz aber geräuschvoll Luft durch die Nase und wischt sich die Tränen weg. „Es ist sogar etwas Grossartiges, meine Süsse! Du hast die beste Zahnfee aller Zeiten, verstehst du?!" Sie legt die beiden Flugtickets sorgfältig auf den Beistelltisch und umfasst die Zauberkugel.

„Mein Liebes, deine Zahnfee hat geschrieben, ich würde den Zauber in dieser Kugel kennen." Sie tippt mit dem Zeigefinger auf das Glas und ergänzt: „Dieser Turm steht in Paris. Das ist eine wunderschöne Stadt in Europa. Und genau hier, unter diesem Turm, welcher Eiffelturm heisst, habe ich deinem Papa gesagt, dass du in meinem Bauch bist." Bei diesen Worten treten erneut Tränen in ihre Augen, welche ihre Tochter nicht sieht, da sie ihre grossen Kulleraugen auf die Kugel gerichtet hat.

„Ohhh... unter diesem Eiffelturm also... waren wir alle drei zusammen..."

Freitag

„Ach du heilige Sch..., das gibt es doch nicht! Du nimmst mich auf den Arm, nicht wahr?! Nein, wer kann das bloss gewesen sein? ... Wer wusste denn alles von dem Zahn und dieser Glaskugel und wo deine Eltern wohnen und... Ich meine, ich wäre ja nur zu gerne deine Heldin in dieser Geschichte, aber ich war's nicht! Und ich habe auch diese Kugel noch nie gesehen... Sorry... ich muss die Weihnachtsgeschenke dieses Jahr ja selber im House of Hope einkaufen. Ich hoffe, die haben auch anständige Schachteln, damit..."

„Mary! Ernsthaft! Was soll ich denn jetzt machen? Denkst du, ich sollte zur Polizei gehen? Ich meine, das könnte ja jemand Verrücktes sein..." Laurie reibt sich mit beiden Händen über das Gesicht und streicht sich dann die Haare hinter die Ohren. Sie blickt verzweifelt aus dem Fenster der Imbissbude auf die belebte Strasse und beisst sich auf die Unterlippe.

„Wie jetzt?! Du denkst doch nicht etwa ernsthaft darüber nach, nicht zu fliegen? Hey, meine Schlaue, diese Tickets sind auf eure Namen ausgestellt und du wirst deine kleine Maus nicht enttäuschen! Ich bin zwar alt, aber noch nicht alt genug, um nicht an ein Weihnachtswunder zu glauben. Und das ist ein Wunder. Und zwar ein saumässig Gutes! Natürlich schon etwas verrückt.... Aber du wirst es dankbar annehmen und der Geschichte freien Lauf lassen, verstehst du mich? Sollte eure

Zahnfee sich zu erkennen geben wollen, wird sie oder er das früher oder später schon tun. Und dann kannst du immer noch zur Polizei gehen. Aber jetzt solltest du dein noch hübsches Gesicht nicht in Falten legen, sondern zu Hause in den Schrank stecken. Eure Koffer packen sich nicht von alleine." Hastig winkt Lauries Freundin der Bedienung und zeigt mit dem Finger bedrohlich aus dem Fenster.

„Sieh sie dir an, diese Leute! Im Weihnachtstress! Wer hat DEN eigentlich erfunden? Ich will wieder die besinnlichen, sorgenlosen und kindlichen Weihnachtstage erleben dürfen. Und jetzt muss ich los, damit es heute auch was zu Futtern auf unserem Tisch hat. Schick mir ein Foto, wenn ihr fröhlich am Eierpunsch trinken seid unter dem Weihnachtsbaum." Sie erhebt sich, schlingt sich den Schal mehrmals um den Hals, zieht sich die Mütze an und schlüpft in einen abgetragenen Mantel. Sie beugt sich zu ihrer Freundin, küsst sie auf die Wange und flüstert: „Man kriegt, was man verdient! Hab' dich lieb!"

„Ich dich auch! Danke, Mary und schöne Weihnachten!" Laurie winkt ihr nach und will sich gerade auch anziehen, als die junge Serviertochter neben ihr steht und sie verlegen ansieht.

„Es tut mir sehr leid und ist mir auch unangenehm, aber Ihre Freundin hat der Rechnung zu wenig Geld beigelegt. Sie hat wohl den Einer mit einem Zehner verwechselt. Sie legt die Rechnung zusammen mit einer Dollarnote vor Laurie auf den Tisch.

„Oh, das tut mir sehr leid! Warten Sie, ich gebe Ihnen den Rest. Ja, sie war eben etwas in Eile und hat das wohl nicht bemerkt." Sie kramt einige Münzen aus ihrer Manteltasche und greift zu ihrer Handtasche, um nach dem Rest zu suchen. „Hier, der Rest ist für Sie. Nicht viel, aber es kommt von Herzen. Frohe Weihnachten!"

Als Laurie aus der kleinen Imbissbude auf die Strasse, in die kalte Luft tritt, überlegt sie sich, wie sie denn am besten zum Flughafen kommen könnten. Ob Roger, der Hausmeister, sie fahren würde, wenn sie ihm leckere Kekse von Oma verspricht?

Samstag

Kaum hat es an der Tür geklingelt, rast die aufgeregte Bella in Vollmontur aus ihrem Zimmer, mit einem kleinen, rosafarbenen Rollkoffer in der Hand.

„Mama, los, schnell! Er ist da! Komm schon, sonst verpassen wir das Flugzeug!" Hastig öffnet sie die Tür und strahlt den alten Mann ihr gegenüber an.

„Ich hatte einen Anruf vom Weihnachtsmann. Er hat mich gebeten, zwei

Engel zum Flughafen zu fahren. Hast du eine Ahnung, wen er damit gemeint hat? Einer der beiden muss anscheinend eine grosse Zahnlücke haben!" Er öffnet seinen Mund und präsentiert der quiekenden Bella seine vereinzelten und teils silbernen Zähne.

„Das bin ich! Wir, Mama und ich! Wir sind die Engel! Aber ich bin die mit der Zahnlücke! Siehst du! Genau hier!" Das kleine Mädchen zeigt auf ihre Zahnlücke und blickt zurück in die Wohnung. Bevor sie erneut ihrer Mutter zurufen kann, tritt diese aus dem Bad.

„Ich komme ja schon. Guten Morgen Roger! Vielen Dank, dass Sie sich die Zeit nehmen, uns zu fahren! Sie sind ein noch grösserer Engel!" Sie nimmt Mütze und Mantel vom Haken und greift sich die bereitstehende Reisetasche neben der Tür. Sie wirft einen abschliessenden Blick in den Raum und verweilt kurz auf dem gerahmten Foto auf dem Tisch.

***

„Deine Zahnfee hat dir und deiner Mama diesen Flug geschenkt? Ja sag mal, eine solche Zahnfee hätte ich auch gerne gehabt. Mir hat sie jeweils einen Dollar unter das Kopfkissen gelegt." Lachend stellt die stark geschminkte Flugbegleiterin den Apfelsaft vor Bella hin und zwinkert Laurie heiter zu. Diese schmunzelt beschämt und erwidert: „Die Flugtickets waren eigentlich für mich, nicht wahr, meine Süsse? Du hast eine schneiende Glaskugel bekommen." Und sie denkt nach, wie sie bloss die nächsten Geschenke der Zahnfee erklären soll. In Gedanken versunken blickt sie durch das Flugzeugfenster hinaus und versucht sich erneut über dieses grossartige Geschenk zu freuen, was ihr kaum gelingt.

„Mama, freust du dich denn gar nicht, dass ich eine solch tolle Zahnfee habe?!" Das überglückliche Mädchen neben ihr blickt sie nur kurz an, bevor sie sich wieder Tom + Jerry auf dem kleinen Bildschirm vor sich widmet.

Laurie schliesst ihre Augen und versucht, sich daran zu erinnern, welche Gefühle in ihr hochkamen, als sie erfuhr, dass es weder die Zahnfee, noch den Weihnachtsmann, noch Rudolf gab. Geschweige denn, dass man wirklich das Meer in einer Muschel rauschen hört, wenn man sie sich ans Ohr drückt.

Sonntag

Bellas und Opas freudige Stimmen hallen durch das ganze Haus, als Laurie noch schläfrig ihre Bettdecke zurückschlägt. Sie hat überraschend gut geschlafen, obschon sie es nach all diesen Jahren seltsam fand, in ihrem eigenen Kinderzimmer zu sein. Als sie die Jahre zuvor mit Adam herreiste, wurden sie zu dritt im ausgebauten Untergeschoss untergebracht. Aber für sie und Bella reichte ihr altes Bett wunderbar aus.

„Du fehlst mir, Ady... Wie soll das alles bloss weitergehen hier ohne dich?", Sie zuckt zusammen, als sie eine Bewegung hinter sich wahrnimmt. Ihre Mutter steht in der offenen Tür und blickt sie mitfühlend an. „Und ihr fehlt uns! Kommt doch zu uns, ihr beide! Was hält dich denn jetzt noch in der Stadt? Wir haben genug Platz und ich, wir können uns um Bella kümmern, wenn du wieder eine Arbeit gefunden hast. Es gibt hier auch ganz wunderbare Buchhandlungen. Ich bin mir sicher, jemand sucht eine erfahrene Expertin wie dich!"

Laurie zieht sich den Morgenmantel an und schlüpft in die kuscheligen Pantoffeln neben dem Bett. „Lass uns runtergehen, Ma. Sonst öffnen die beiden unsere Geschenke auch noch!" Sie will ihre Mutter an den Schultern umfassen und mit sich ziehen, als diese wie erstarrt stehen bleibt.

„Laurie, von wem hast du die Flugtickets? Ich will, dass du mir gegenüber ehrlich bist! Ich werde deinem Vater nichts davon sagen, aber bitte, tisch mir keine weitere Zahnfeenlüge auf! Was hast du getan?"

„Nichts, Ma! Ich bin ebenso ratlos wie du, woher sie kommen! Wirklich! Wie kannst du nur glauben, dass ich etwas Unanständiges getan hätte?!" Entsetzt blickt Laurie ihre erblasste Mutter an und verdreht die Augen. „Also wirklich, Ma!"

„Ich weiss, ich weiss, Liebes, es tut mir leid! Aber ich kann mir beim besten Willen keinen Reim daraus machen, wer dir einfach so zwei Flugbillette schenken würde? Wir schreiben das Jahr 2019! Niemand gibt einfach so jemandem etwas ohne eine Gegenleistung." Sie schüttelt bei dieser Behauptung energisch den Kopf und hebt die Schultern an. „Niemand ist einfach so sehr grosszügig! Und da hilft auch Weihnachten nichts."

„Ich weiss, Ma, ich weiss. Aber versuchen wir doch, dieses Geschenk für diese Tage zu geniessen und uns vor allem mit Bella darüber zu freuen. Und wenn ich wieder zurück in der Stadt bin, werde ich der Sache nachgehen. Versprochen, Ma!" Jetzt lässt sich ihre Mutter von ihr zur Treppe führen und gemeinsam gehen sie dem heiteren Geschnatter in dem gemütlichen Wohnzimmer entgegen.

Kurz vor dem letzten Treppenabsatz hört sie ihre Mutter hinter sich flüstern: „Du weisst schon noch, dass du deine Koffer gepackt hast und für immer ins Baumhaus ziehen wolltest, als du Dad dabei erwischt hast, wie er deinen Zahn gegen die Rollschuhe austauschen wollte..."

Montag

Nach einem ausgiebigen Spaziergang setzen sich die vier Familienmitglieder an den einladenden Esstisch in der Küche und geniessen die heisse Schokolade mit Marshmallows darauf. Opa erhebt sich und entnimmt dem Holzbuffet an der Wand eine lange Flasche mit klarem Inhalt.

„Na, ist ja irgendwie immer noch Weihnachten, nicht wahr?" Er zwinkert seiner kichernden Enkeltochter zu und giesst sich einen guten Schluck in ein separates Gläschen.

„Oma? Laurie?" Er hält die Flasche anbietend in die Richtung der beiden Frauen. Seine Frau winkt dankend ab und seine Tochter nickt zustimmend. „Warum nicht. Wird meine Nerven etwas beruhigen, bevor ich mich hinter den Papierkram setze. Danke Dad!" Er reicht ihr ein gefülltes Glas.

„Was ist Papierkram. Mama?" Bella schlürft laut ihre Schokolade und blinzelt hinter der grossen 'Frosty the Snowman' Tasse hervor.

„Ich habe viele Fragen bekommen, die ich beantworten muss, damit die nette Frau vom Personalamt mir helfen kann, eine neue Arbeitsstelle zu finden. Und weil es viel Papier ist, nenne ich es Papierkram." Laurie leert ihren Nerventrunk in einem Zug und blickt ihre fragend dreinblickende Mutter an.

„Ich überlege es mir, Ma. Versprochen. Aber ausfüllen muss ich es so oder so, sonst kriege ich keinen Zwischenverdienst." Und an ihren Vater und Bella gerichtet, fragt sie: „Und welche Schandtaten heckt ihr beiden noch aus heute? Ich hab euer Getuschel schon gesehen beim Spazieren." Sie lässt ihren Zeigefinger zwischen Tochter und Grossvater hin- und herschwenken und hebt die Augenbraue.

Ihre Tochter kichert in ihre bald leere Tasse und hebt schelmisch die Schultern.

***

„Na dann, wollen wir mal." Laurie sitzt in ihren Weihnachtsleggins, dem Rudolf Pullover und den neuen Stricksocken auf dem gemütlichen Sofa vor dem lodernden Kaminfeuer. „Personalien sind schon alle ausgefüllt, das ist ja hilfsbereit. Zivilstand; verwitwet... Alleinerziehend... erlernter Beruf: Buchexpertin... gewünschte Prozent: flexibel, solange schulergänzend möglich... Reiseflexibilität: kein Auto... Himmel... ich würde mich nicht einstellen... da muss jemand mehr Herz als Verstand... Moment mal... aber... woher kenne ich... das habe ich doch schon mal..." Laut denkend, hält die Stellensuchende den vorgedruckten Fragebogen in die Luft und gegen das Licht vom Fenster.

Feine, zarte Linien sind am unteren Papierrand zu erkennen. Eine Gerechtigkeitswaage als Wasserzeichen. Mit der Überschrift: „Blessed Justice" und als Symbol, in schwungvollen Buchstaben „BJ".

Stirnrunzelnd legt sie den Papierkram zur Seite und schlüpft unter der warmen Decke hervor. Sie geht aus dem Wohnzimmer in den Flur und greift in ihre Handtasche. Sie entnimmt ihr das Couvert, in welchem die beiden Flugtickets von der Zahnfee waren und öffnet erstaunt ihren Mund. Kaum hat sie ihre Gedanken zusammengereimt, klingelt das Mobiltelefon im Wohnzimmer. Kopfschütteln geht sie darauf zu und nimmt den Anruf entgegen, ohne erst auf das Display zu blicken.

Dienstag

Herzhaft umarmen sich die Vier am Flughafen und Abschiedsküsse werden ausgetauscht. Lauries Vater steckt ihr einen Umschlag in die Manteltasche und zwinkert ihr zu: „Aber nichts Ma davon erzählen. Sonst ist sie wütend, weil du es von ihr bestimmt abgelehnt hättest. Kommt bald wieder heim, mein Engel, es war sehr schön, euch bei uns zu haben." Dann nimmt er seine weinende Frau seitlich an den Schultern und drückt sie an sich. „Jetzt komm schon, so schlimm ist es mit mir auch wieder nicht!" Sie lässt zwischen den Tränen einen Grunz hören und winkt den beiden Abreisenden hinterher.

***

„Bella, Liebes, könntest du dir vorstellen, bei Oma und Opa zu leben? Mit mir natürlich!" Laurie versucht ihrer Frage eine Beiläufigkeit zu verleihen, in dem sie das Flugzeugbrötchen mit Butter bestreicht. Als sie keine Reaktion erhält, blickt sie zu ihrer Tochter, auf den Sitz neben ihr. Die weit aufgerissenen Augen starren sie vor Entsetzen an, ihr Lockenkopf nickt eifrig und ihr vollgestopfter Mund droht zu platzen. Laurie muss bei diesem Anblick herzhaft lachen und doch gleichzeitig emporsteigende Tränen unterdrücken. „Ich deute dies als ein JA? Nein? Vielleicht?" Sie grinst noch immer und hält ihren Kopf leicht geneigt, als müsse sie eine schwierige Entscheidung treffen. In der Zwischenzeit hat Bella ihren Bissen runtergewürgt und quiekt nun freudig: „JA, JA, JA!!!"

„Das freut mich zu hören. Mir würde das auch gefallen und ich weiss auch, welche zwei sich ebenso darüber freuen würden."

„Oma und Opa!", erwidert ihre Tochter strahlend und knuddelt ihren neuen Plüschpanter herzhaft.

„Aber erst müssen wir noch jemanden besuchen, wenn wir wieder in der Stadt sind. Denn weisst du, meine Süsse, diese Flugtickets waren nicht von deiner Zahnfee. Auf diesem Couvert stand ja mein Name und ich habe ihr keinen Zahn geschenkt. Das war ein Zufall, dass alles zusammen vor der Tür stand. Deine zauberhafte Kugel und mein Couvert." Sie streicht ihrer verwunderten Tochter über die roten Wangen. „Das war ein besonders lieber Mann von dem Personalbüro. Er hat uns diese Reise gegeben und dafür werden wir uns persönlich bei ihm bedanken." Bella nickt ihr zufrieden zu und lächelt: „Es gibt so viele Engel auf der Welt, Mama!"

Mittwoch

Mit pochendem Herzen und trockener Kehle öffnet Laurie die Tür zum Personalvermittlungsamt „Blessed Justice" und lässt ihrer Tochter den Vortritt. Am Empfang werden sie freundlich empfangen und eine ältere, rundliche Dame blickt durch ihre dicke Brille zu Bella und fragt verwundert: „Na so? Sind Sie denn nicht noch etwas zu jung um zu arbeiten, mein Fräulein?" Sie erhebt sich von ihrem

Stuhl und reicht dem kichernden Locken-kopf einen Lutscher. Sie zwinkert Laurie zu und weist ihr mit einem Stift in der Hand den Weg zur Glastür auf der anderen Seite des Korridors. „Nur zu, er erwartet Sie schon, meine Liebe."

Sachte klopft Laurie an die Glastür und bemerkt, wie sich ein Schatten dahinter bewegt. Kurz darauf öffnet sich die Tür und ein ihr bekanntes Gesicht strahlt sie freudig begrüssend an: „Herzlich will-kommen, die Damen. Bitte herein in die gute Stube, ich habe gehofft, dass sie beide mich besuchen. Wie waren ihre Weihnach-ten? Wie war der Flug?" Sein aufgeregter Redeschwall verrät Laurie, dass auch er sehr nervös ist, was sie wiederum beru-higt.

„Wir hatten wunderschöne Weih-nachten, Sir! Dank Ihnen hatten wir sogar traumhafte Weihachten, da wir uns das nicht im Traum hätten vorstellen können, nach Hause zu reisen." Laurie setzt sich auf den ihr zugewiesenen Stuhl und zeigt Bella den Stuhl neben sich. „Sir, ich weiss nicht, wie ich es... also, was ich sagen soll... Wie ich mich jemals dafür bedanken kann. Es wird lange dauern, bis ich Ihnen das Geld zurück..." Sie kann ihren Satz nicht zu Ende sprechen, da wird sie von dem Mann hinter dem Tisch mit erhobener Hand unterbrochen: „Es freut mich sehr zu hören, dass Sie und Ihre Familie ein schönes, gar traumhaftes Weihnachtsfest feiern durften. Das war mein Ziel und ich erreiche unglaublich gerne Ziele, verstehen Sie?" Er grinst schelmisch und Laurie versucht sich daran zu erinnern, wo sie dieses Gesicht schon mal gesehen hat.

„Wir haben ein Weihnachtsprogramm, für welches unsere Mitarbeitenden vorsprechen können. Das heisst, alle unsere Personalberater dürfen einen Vorschlag aus ihrer Kundendatei machen, wer unseren Weihnachtsfond erhält. Es war dieses Jahr nicht schwierig für uns zu entscheiden, dass er eindeutig zwei besonderen Damen aus der Stadt zusteht." Er breitet seine Arme aus und zeigt mit offenen Händen auf die beiden ihm gegenüber.

In diesem Moment klopft es an der Tür und die persönliche Beraterin von Laurie tritt ein. Mit Tränen in den Augen steht Laurie auf und umarmt diese wortlos. Ebenso ohne Worte wird sie fest gedrückt.

Beim Verlassen des Büros nimmt Lauries Beraterin Bella bei der Hand und geht mit ihr in Richtung Ausgang. Der Leiter von „Blessed Justice" hält Laurie am Arm zurück und drückt ihr eine kleine Schachtel in die Hand. Verwundert blickt sie darauf und erkennt sie wieder. „Aber... woher..." Sie steckt die Schachtel hastig in die Manteltasche und vergewissert sich, dass ihre Tochter nichts davon mitbekommen hat.

„Ich gebe zu, ich habe Sie auf der Strasse belauscht, als Sie unser Büro verlassen haben. Ich war gerade auf dem Weg zu einem Treffen, direkt hinter Ihnen, und konnte Ihr Gespräch mit Ihrer Mutter anhören. Auch, dass Sie ins House of Hope gehen würden. Die Dame dort konnte sich sehr gut an Sie erinnern und auch an das kleine Monster, welches um ein Haar die Kugel erwischt hätte. Die Mutter hatte dann aber zu wenig Geld an der Kasse und die Kugel musste bleiben." Er grinste Laurie an und verabschiedete sie mit den Worten:

„Man bekommt, was man verdient!"

***

Von Herzen Frohe Weihnachten!

***

Hiam Mondini ist eine Schweizer Autorin und lebt vorübergehend in Chicago.

Sie startet mit dieser ersten Weihnachtsgeschichte eine Reihe von Szenen, welche sie im Alltag beobachtet oder selber erlebt hat. Ihr zweites Weihnachtsfest im Chicagoland steht vor der Tür und sie versucht selber ein wachsames Auge, sowie freudebringende Ideen zu haben.

„Chicago 2019 – N Michigan Ave"

Zeichnung

von Aurelio Romano Mondini, 92 Jahre